ダンゴムシ だんごろう 3

～たびのおわり～

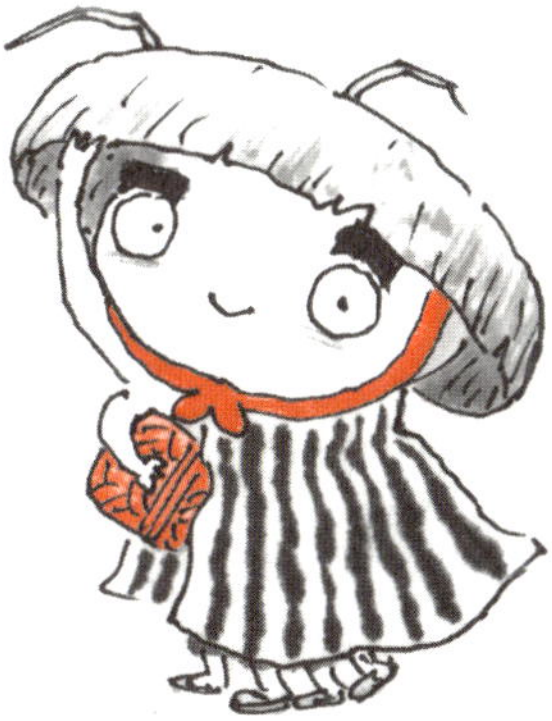

みお ちづる 作　山村浩二 絵

すずき出版

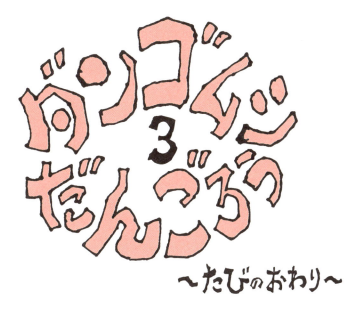

ダンゴムシ 3 だんごろう

おいらは、しがない　ダンゴムシ。
ダンゴムシ天国《てんごく》をさがして、
たびのとちゅう。
見《み》つけてみせます、おっかさん。
ああ、でも　あいたいなあ。
おっかさん……。

これまでのおはなし

たびするダンゴムシ、だんごろう。
とちゅうで、クモから　アリひめを　たすけたり、
こんがらがったミミズを　ほどいてあげたり、
たくさんのムシに　であいます。
　はたして　だんごろうは、
ダンゴムシ天国《てんごく》に　たどりつけるのか。
だんごろうの　行《ゆ》く手《て》に　まっているものは…。

おっかさんみたいなコガネムシのまき

ゴロ　ゴロ　ゴロ。
とおくで　かみなりの音《おと》がします。
だんごろうは、足《あし》を　とめました。
「こまったな。もうすぐ
日《ひ》もくれるし、どうしよう。」
きょろきょろと　あたりを
見《み》まわすと、むこうに　ほっかりと
あかりが　見《み》えました。
「やや、なんだろう、あれは。」

いってみると、ブナの木《き》の　うろが
ぼおっと　ひかっています。
のぞいて見《み》ただんごろうは、びっくりしました。
中《なか》は、たくさんのムシたちで　いっぱい。
ひかっているのは、ホタルたちです。

「いらっしゃいませ。おひとりさまですか。」

やってきたのは、コガネムシのおかみさんでした。

「あの、ここは　なんですか？」

「やどやです。ミツ玉《だま》ひとつで、あんしんして　とまれますよ。

でも、きょうは　おきゃくさんが　おおくて……。」

おかみさんが　そういったうしろで、こえがしました。

「おーい、はらが　へったぞ！　じゅえきダンゴは　まだか？」

「セミのやつが　おしっこしたぞ！

早《はや》く　そうじしてくれ。」

「はい、ただいま！」

おかみさんは　あたふたと　かけだしました。そのすがたを　見《み》て、
だんごろうは、きゅうに　おっかさんを　おもいだしました。

だんごろうのふるさと、『石《いし》のすきま村《むら》』は　とてもまずしくて、
99ひきのきょうだいたちは、いつも　おなかを　すかせていました。
おっかさんは、子《こ》どもたちに　たべさせるために、
くる日《ひ》も　くる日《ひ》も、くされおちばを　さがしていました。

だんごろうは、そんな　おっかさんと　きょうだいたちのために、
ミツのようにあまい　くされおちばが、
山《やま》のようにつもっているという　ダンゴムシ天国《てんごく》を　さがして、
たびをしているのです。

「たいへんだ、　カメムシが　おならしたぞ！」

あわてたこえがしました。　見《み》ると、　じぶんのおならのにおいで、カメムシが　気《き》を　うしなっています。

そのとなりに　たおれていたのは、　コガネムシのおかみさんでした。

「おっかさん！　いや、　ちがった、　おかみさん！　だいじょうぶですか？」

だんごろうは　いそいで　かけつけ、　はっぱの　うちわであおぎました。　おかみさんは　うっすらと　目《め》を　あけました。

「ああ、　すみません、　ダンゴムシさん。」

「おかみさんは　すこし　やすんでいてください。おいらが　かわりに　やりますから。」

だんごろうは、せっせと　はたらきだしました。
よごれたゆかを　ふいていると、
「おーい、せなかを　ながしておくれ。」
そういったのは、水《みず》たまりの　ふろに
入《はい》っていたタマムシです。
だんごろうは、なないろに　ひかる　せなかを
スカンポのはっぱで　あらってやりました。

だんごろうに、　つぎつぎと　こえが　かかります。
けがをしたオンブバッタの足《あし》に、
ほうたいを　まいたり。

スズムシの
やぶれた　はねを
つくろったり。

ムカデの足《あし》を、
一本一本《いっぽんいっぽん》　もみほぐしたり。

目《め》のまわるような　いそがしさです。
そんなだんごろうを、　ものかげから
じっと見《み》ているものが　ありました。

ひとばんじゅう　はたらいて、あさになったときには、
だんごろうは　ふらふらでした。
コガネムシのおかみさんは、とまっていたムシたちを
おくりだすと、ふかぶかと　あたまを　下《さ》げました。
「ありがとう、ダンゴムシさん。
どうぞ、すこし　やすんでください。
いま、おしょくじを　よういしますから。」

「いや、おいらは　いそぎの　たびのとちゅう。
おかみさんが　げんきになれば　それでいいんです。
では、これにて　ごめんなすって。」
おかみさんが　とめるのもきかず、
だんごろうが　たび立《だ》とうとしたときです。

「おまちくだせぇ、　おわかいかた！」
そこにいたのは、ダンゴムシのおじいさんでした。
おじいさんは、いきなり　がばっと　あたまを　下《さ》げました。
「夕《ゆう》べの　あなたのはたらきぶりは、みごとでした。
あなたのような　あっぱれなダンゴムシは
見《み》たことがない。
そこで　おねがいがあるのです。
わしと　いっしょに
きてもらえませんか？」

「おじいさんは、　いったい……。」
「わしは、　ダンゴムシ天国《てんごく》でくらす　だんじいと　もうすもの。
いま、　ダンゴムシ天国《てんごく》は、　たいへんなことになっているのです。」
それをきいたとたん、　だんごろうは　ねむけが　ふきとびました。
「ええっ、　それは　ほんとうですか？
おいら、　ダンゴムシ天国《てんごく》を　さがして、　たびをしてきたのです。
いったい　どこに　あるんですか？　なにが　あったんですか？」
「くわしいことは　あとで　おはなしします。　どうか、　わしと
いっしょに　きてください。　わしらを　たすけてほしいのです。」
だんごろうは　うなずきました。

だんじいのあとを　おって、
あるきだした　だんごろう。
そのむねは、　きたいと　ふあんで、
どきどきと　はちきれそうでした。

ダンゴムシ天国《てんごく》のまき

ついにきました、
ダンゴムシ天国《てんごく》。
ところが　そこは……。
「これが、ダンゴムシ天国《てんごく》？」
だんごろうは、
目《め》を　うたがいました。

そびえ立《た》つ　岩山《いわやま》の下《した》に、
見《み》わたすかぎり　あれちが　ひろがっています。
「ダンゴムシ天国《てんごく》は、くされおちばが　山《やま》のように
つもっているところじゃなかったんですか？」
「むかしは　そうでした。でも、いまは　このありさま。
ささ、まずは、わしのいえに　きてくだされ。」

だんじいのいえは、石《いし》の下《した》でした。

「だんじいが　かえってきたぞ！」

「たすけてくれそうなムシは　見《み》つかったかね？」

だんじいは、たちまち
たくさんのダンゴムシたちに　かこまれました。

みんな、ひどく　やせています。

「だんじい、ごくろうでした。では、そのかたが？」

だんごろうは、口《くち》を　ぽかんと　あけました。

おくから　あらわれたのは、見《み》たこともないほど
きれいなダンゴムシでした。

「そうです、だんひめ。こちらは、だんごろうどのです。」
だんひめは、きらきらする目《め》で　だんごろうを　見《み》つめました。
「きてくださって　ありがとうございます、だんごろうどの。
どうか、わたしたちを　たすけてください。
いま、ダンゴムシ天国《てんごく》は、
たいへんなことになっているのです。」

「たいへんなこと？」

「はい。むかしは、みんな、おなかいっぱいたべて、しあわせにくらしておりました。ところが　そこに、だんぞうが　あらわれたのです。」

「だんぞうというのは？」

「とても大《おお》きくて　つよいダンゴムシです。だんぞうは、くされおちばを　ひとりじめにして、はんたいするものを　みんな　ろうやに　とじこめてしまったのです。」

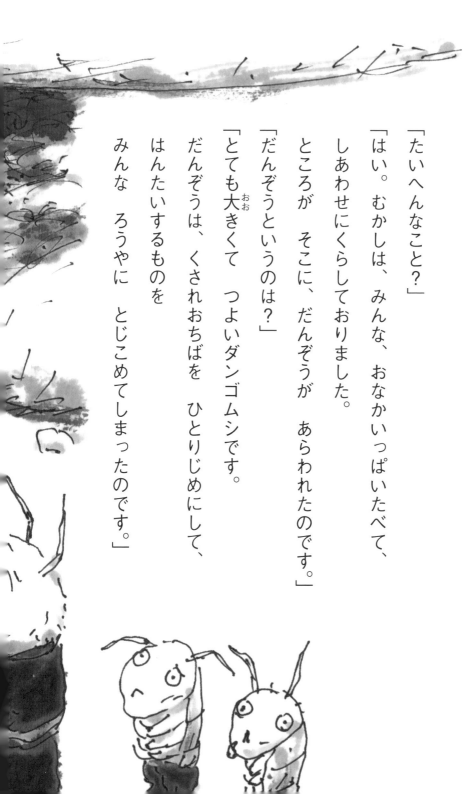

「そのうえ、なんと　こんどは　だんひめさまを　よこせ、
といっているのです。」
だんじいは、おこって　ひげを　ぴりぴりさせながらいいました。
「そこで　わしは、たすけてくれるダンゴムシを　さがして
たびに出《で》たのです。だんごろうどの、おねがいです。
わしらを　たすけてくだされ。」
「このとおりです。」
みんな、いっせいに　あたまを　下《さ》げました。
だんごろうは、あわてていいました。
「どうか、あたまを　上《あ》げてください。

おいらに　できることは、なんでもしますから。」
「ほんとうですか？　ありがとうございます！」
だんじいが　いいました。
「あした、だんぞうは、むかえを　よこして、
だんひめを　つれていくと　いっているのです。」
「むむむ、そうですか。わかりました。
おいらに　かんがえが　あります。」
だんごろうは、ダンゴムシたちと　あたまを
よせあい、ひそひそと　そうだんを　はじめました。
よるは、しずかに　ふけていきました。

あさです。

「だんひめ！　きょうこそは　きてもらうぞ！」

どたどたと　あらわれたのは、だんぞうの
手下《てした》のダンゴムシたちでした。そして
むりやり　だんひめを　かごに　のせると、
だんぞうのもとへ　つれていってしまったのです。

だんぞうのやしきは、くすの木《き》のねっこでした。
カブトムシのように　大《おお》きなだんぞうが、あさごはんの
くされおちばを　むしゃむしゃと　たべているところでした。
そこに、だんひめが　つれてこられました。
「おお、よくきた、だんひめ。
とうとう　わしの　よめになる　けっしんが　ついたか。」
だんひめは　うつむいたまま、へんじを　しません。
「はずかしがっているのか？　うはははは、さあ、こっちにこい。」

だんひめは、　そそそと　ちかづいたとおもったら、

くるっと　まるまって

どっかーん！

「うわああっ。」

ひっくりかえった　だんぞうのまえで、
だんひめは　ぱっと　立《た》ち上《あ》がりました。
「だんぞう！　くされおちばを　ひとりじめして、
そのうえ　よわいものいじめ、ゆるさん！」
なんと　それは　だんごろう。
だんひめのきものを　きて　ばけていたのです。
だんぞうのかおが　まっかになりました。
「なんだ、このちびっこいダンゴムシは！
おい、こいつを　つかまえろ！」

だんごろうは　くるっと　まるまって、
ころころ　ころがりはじめました。
手下《てした》たちが　つかまえようとしても　つかまりません。
そのまま、いきおいを　つけて、ふたたび　だんぞうに

どっかーん！

「おっと、こんどは　そうはいかないぞ。」
だんぞうは、がっちりと　だんごろうを
つかまえてしまいました。いくら　あばれても　もがいても、
だんぞうの手《て》から　のがれることができません。

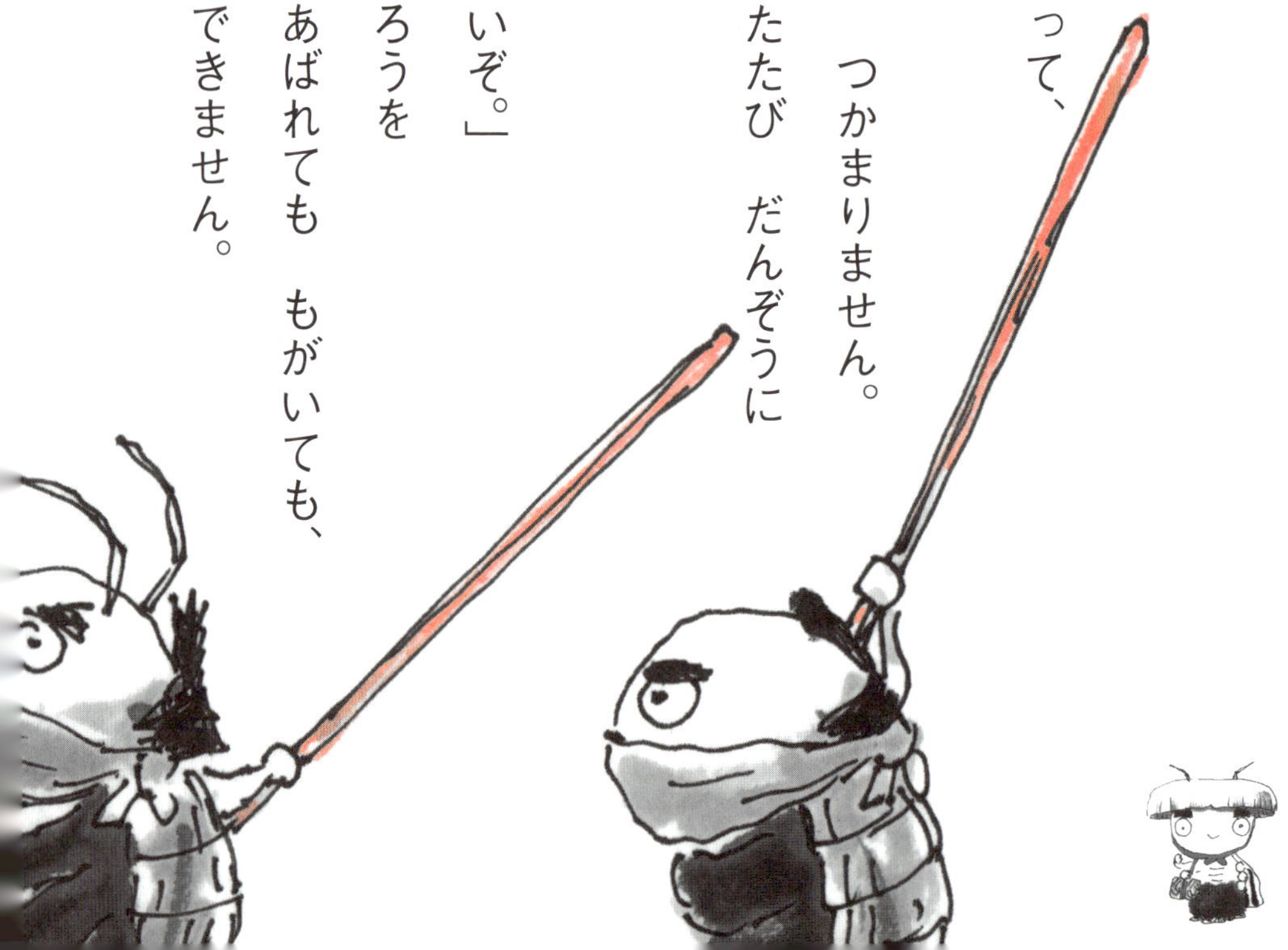

だんごろうは、手下《てした》たちに　ぐるぐるまきにされました。
「ろうやに　つれていけ！　あしたになったら、
アリジゴクの　すに　ほうりこんでやる！」
「はなせ！　だんぞう！
だんひめに　手《て》を　出《だ》したら　ゆるさないぞ！」
だんごろうは　さけびましたが、どうにもなりません。
そのまま、ろうやへと　つれていかれたのです。

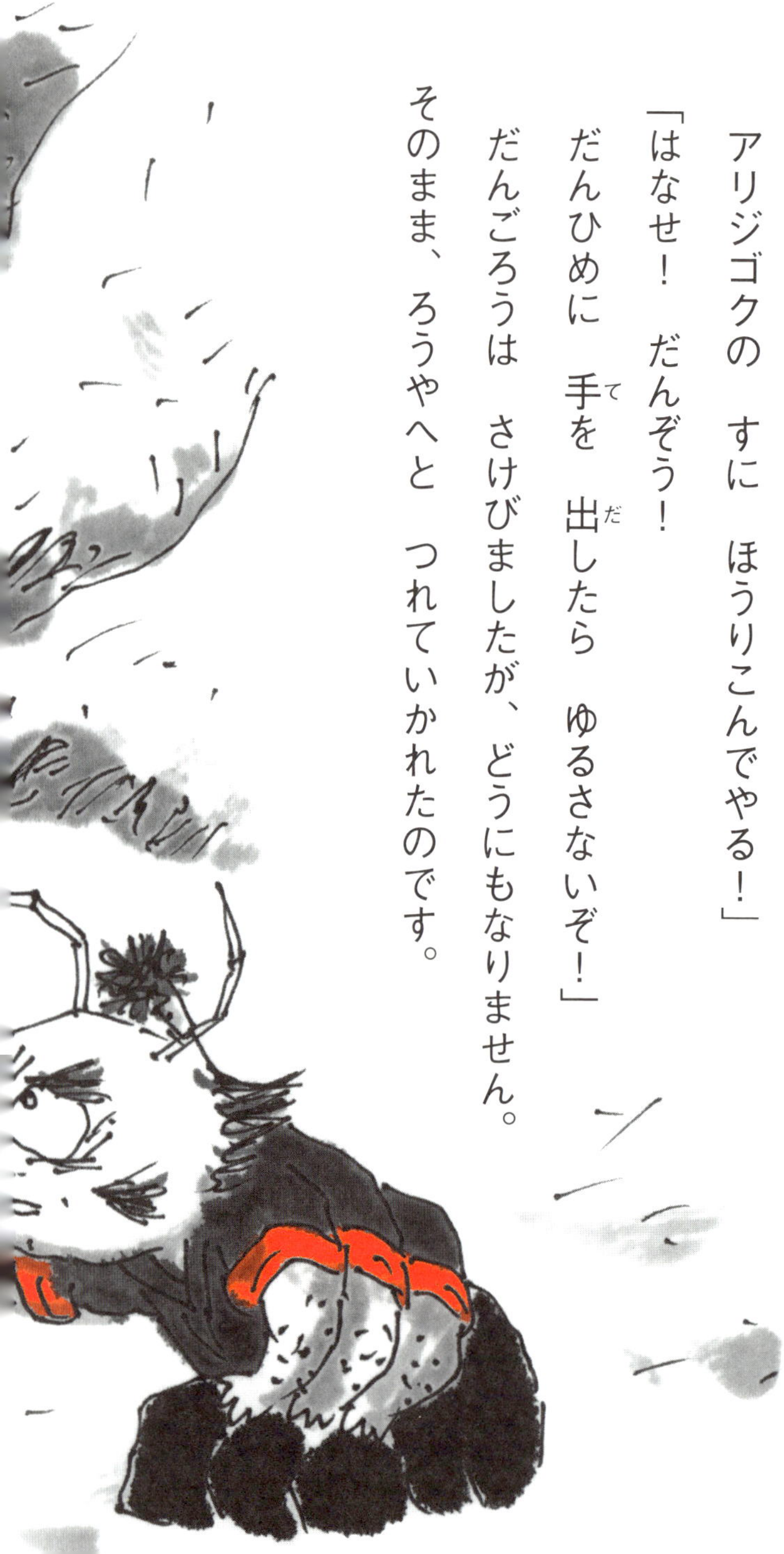

せまく　くらい　ろうやには、
やせほそったダンゴムシたちが　たくさんいました。
「なんて　ひどいことを……ゆるせない、だんぞう。
なんとしても、ここから　出《で》なくては。」
だんごろうは、じめんを　ひっしで　ほりました。
でも　かたくて、なかなか　ほれません。
「だめだ。これじゃあ、とても　出《で》られない。
ああ、おっかさん。
おいら、もう　おっかさんに　あえないんだろうか。」

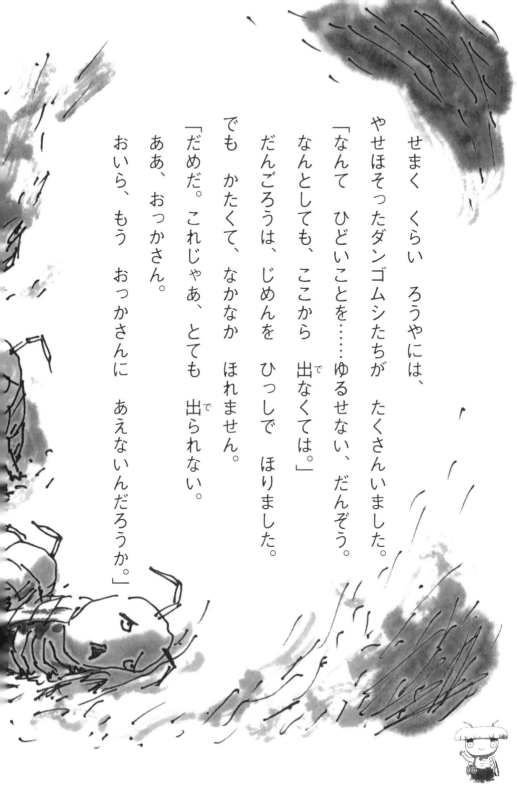

ところが、そのときです。じめんが　もこもこ　うごいて、
にょこっと　なにかが　出《で》てきたのです。

「だんごろうっていうのは、あんたかい？」

それは、しらないミミズでした。

「え？　たしかに　おいらが　だんごろうですが。」

「あんたが　ここにいるってきいて、やってきたんだ。

あんた、こんがらがったミミズを
たすけたことがあるだろう？」

「そういえば、たびのとちゅうで　そんなこともありました。」

「あっしは、そのミミズの　ともだちの　ともだちの　ともだちさ。

あんたのことは　よくきいてる。
さあ、あなは　あっしが　ほるから、　あんたは　ついておいで。」

ミミズは、くねくねと　あなのおくに　きえました。

だんごろうは、よろこんで　ろうやにいる　なかまたちに　いいました。

「みんな、ここから　出《で》られるぞ。おいらに　ついてこい！」

ミミズのあなを　とおって、
みんなは　ろうやから　出《で》ました。

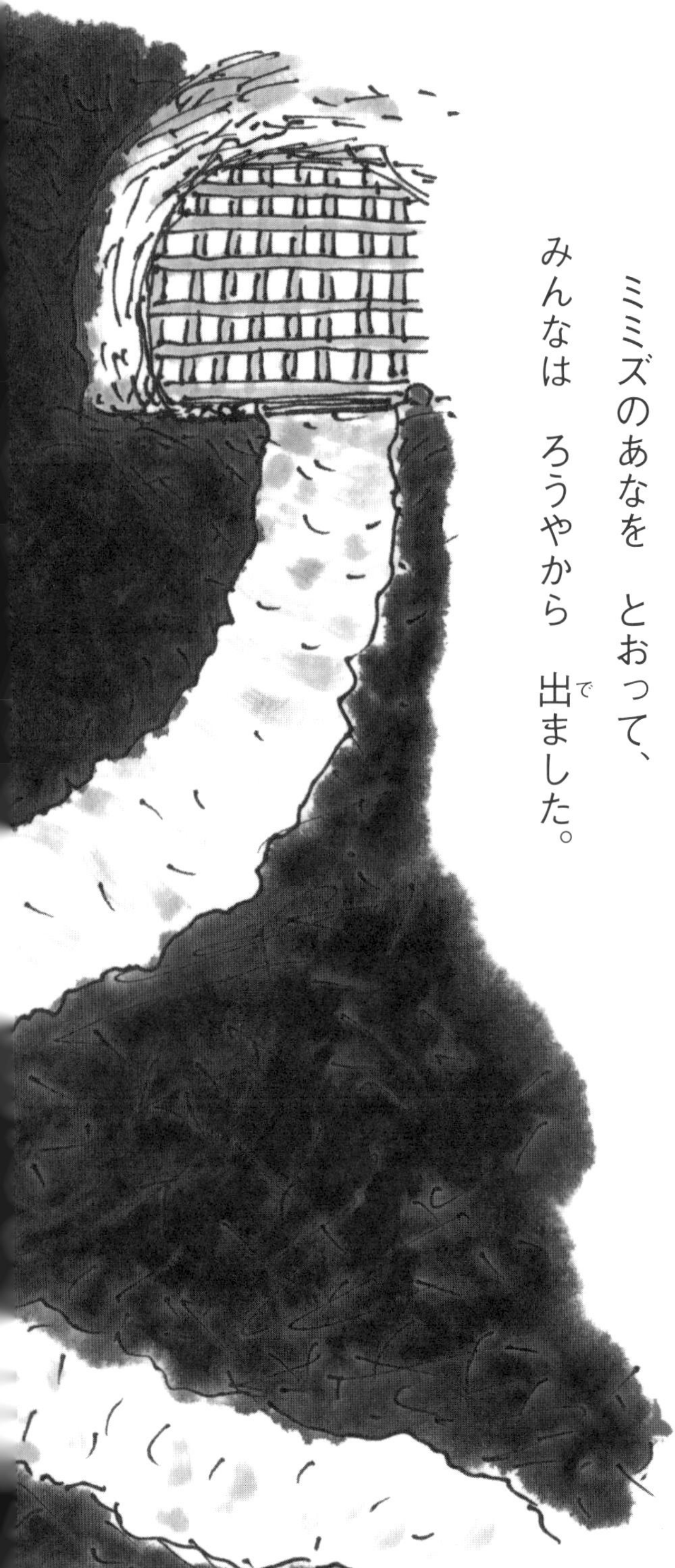

「だんごろうさん、ぶじでしたか！　よかった。
あなたが　つかまったときいて、しんぱいで　しんぱいで……。」
ろうやのそとには、しんぱいして　あつまった　だんひめや
だんじいたちが　いました。だんごろうは　いいました。
「よろこぶのは　まだ早《はや》い。
みんなで　くされおちばを　とりかえそう！」

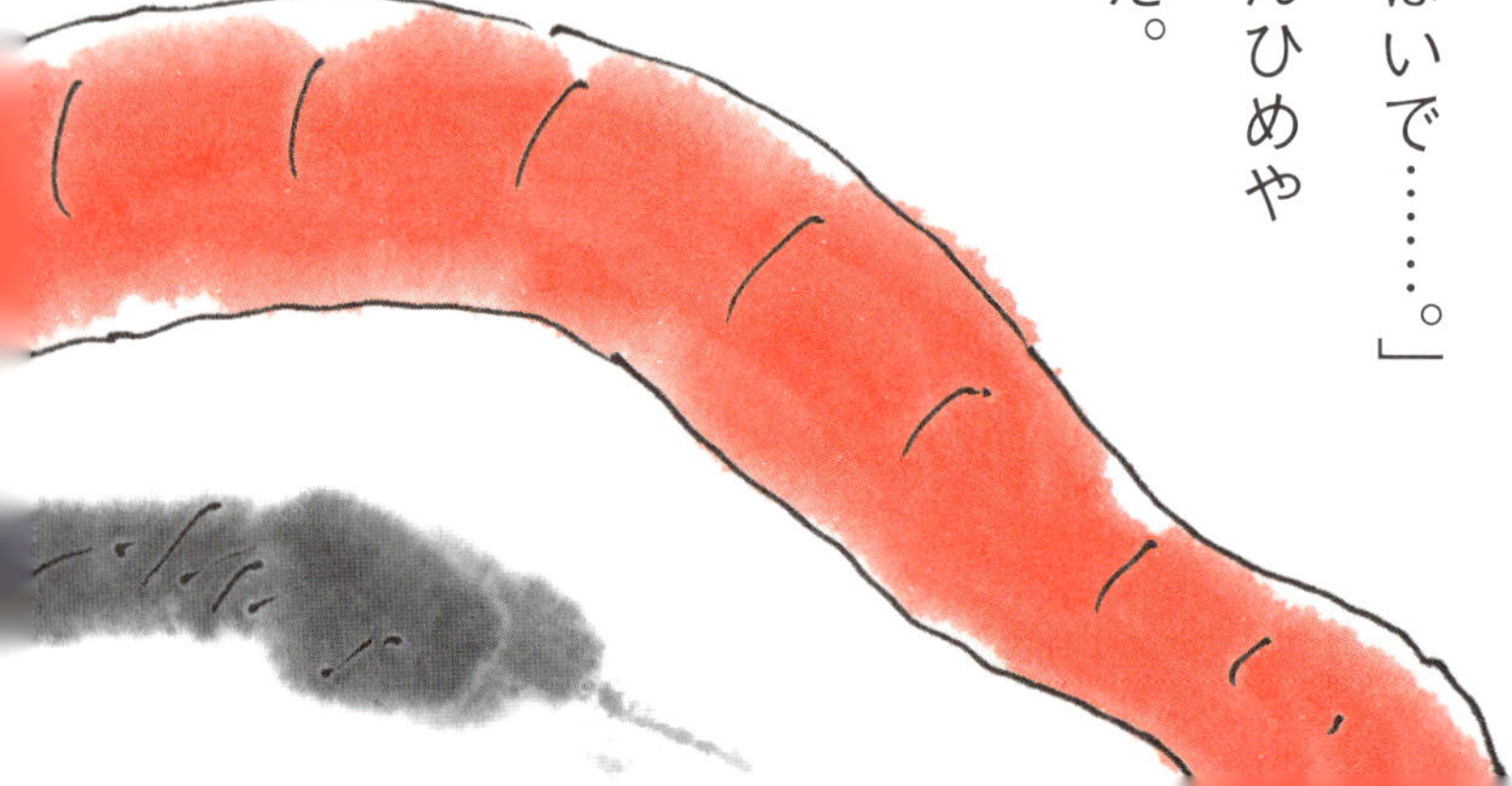

だんぞうは、石《いし》の下《した》のあなに
くされおちばを　ごっそりと　ためこんでいました。
だんごろうたちが　いくと、
入《い》り口《ぐち》にいた　見《み》はりたちは、
おどろいて　にげだしました。
「さあ、みんな、はこびだすぞ！」
ところが、おなかのすいたダンゴムシたちは、
そのばで　ムシャムシャと　たべはじめてしまいました。
「早《はや》く　はこびださないと、気《き》づかれてしまう。」
だんごろうが　あせっていると……、

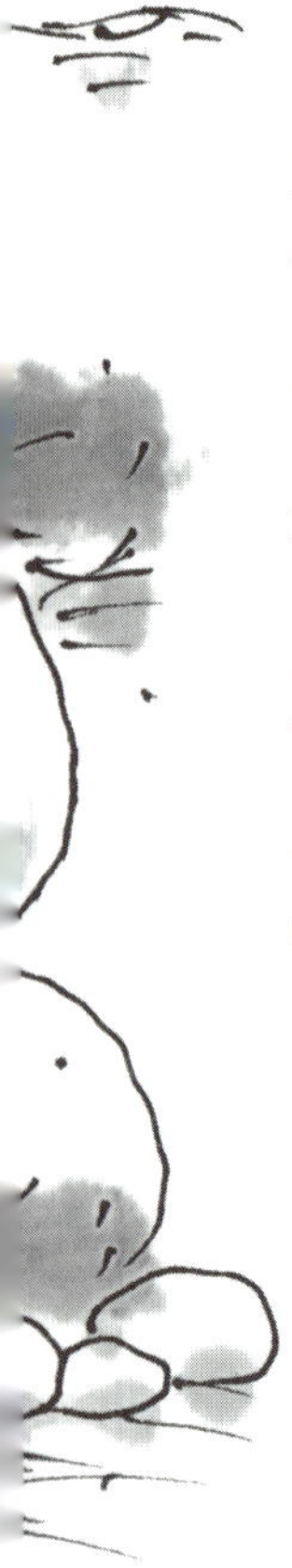

「あのう、手《て》つだいましょうか？」

ふりむくと、そこには　くろいアリが　いました。

「ミミズに　ききましたが、あなたは　だんごろうさんですね？

まえに、アリひめを　たすけてくれたかたですよね。」

「そういえば、そんなこともありました。」

「あなたのことは　きいています。

ここは　わたしたちが　はこびましょう。」

そういうと、たくさんのアリたちが、
いっせいに　くされおちばを　はこびはじめました。

山《やま》のようだった　くされおちばは、みるみる　へっていきます。

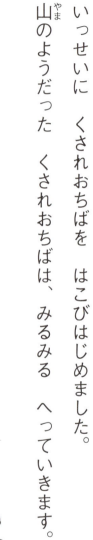

「ありがとう、アリどの!」

ところが　そのとき。
「おい、おまえ。いなくなったとおもったら、こんなところで
なにしてやがる！　この　くされおちばは　おれさまのものだ！」
あらわれたのは、手下《てした》たちをつれた　だんぞうです。
だんごろうは、そのまえに　とびだしました。
「やめないか、だんぞう！
この　くされおちばは、みんなのもの。
ひとりじめは　させないぞ！」
「なんだと！　おれさまに　さからうとは　いいどきょうだ。
まずは　おまえから、アリジゴクいきだ！」

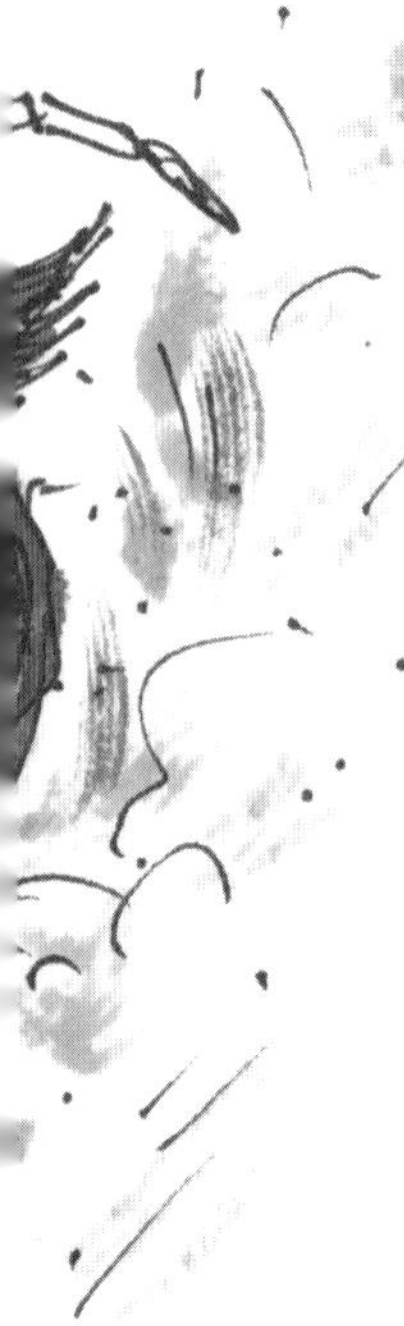

だんぞうは、だんごろうに　おそいかかりました。
だんごろうは　いそいで　まるまりました。
ころころ　ころがる　だんごろうを、
だんぞうも　まるまって、ごろんごろんと　おいかけてきます。
いまにも　ふみつぶされそうです。
だんごろうは　さかを　ころがって、
なんとか　ひきはなそうとしました。
しかし、だんぞうは　ますます　せまってきます。
「あっ、あぶないっ！」

さかの下《した》のあなに　おちそうになって、
だんごろうは　とっさに　とび上《あ》がりました。
なんとか、たれ下《さ》がるシダのはっぱに　つかまったとき。
「うわああ！」
いきおいが　とまらない　だんぞうは、
ごろんごろんと　あなの中《なか》に　おちていきました。
「たすけてくれえ！」
それは　アリジゴクの　すでした。だんぞうのすがたは、
みるみる　すなに　のみこまれて、見《み》えなくなりました。

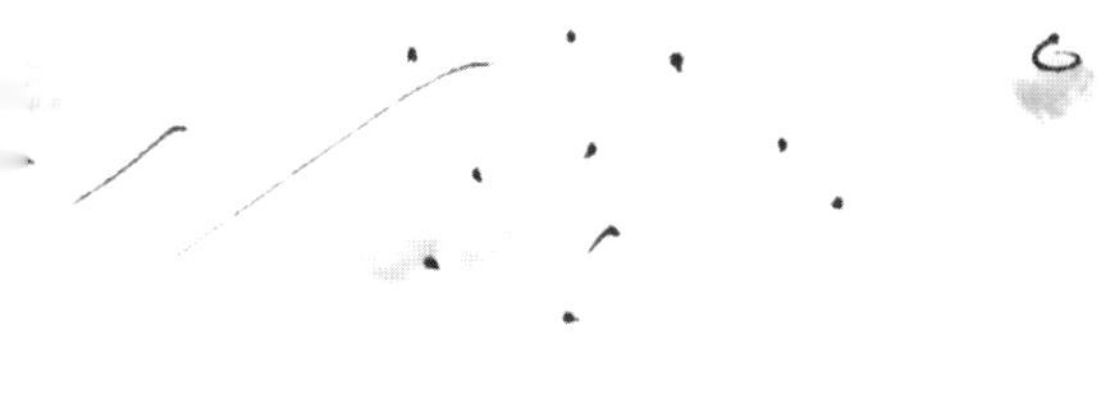

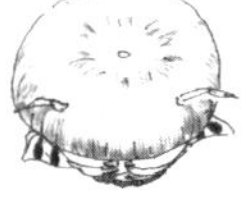

じめんに　おり立《た》った　だんごろうは、
ダンゴムシたちに　かこまれました。
「やっつけたぞ！　だんぞうを　やっつけた！」
「よくやったぞ、だんごろう！」
だんぞうの手下《てした》たちは、青《あお》ざめて　すわりこみ、
ダンゴムシたちに　つかまりました。
「だんごろうどの。ありがとう。
これで、また　もとどおり　へいわになります。」
だんひめのこえに、だんごろうは
ふかく　うなずきました。

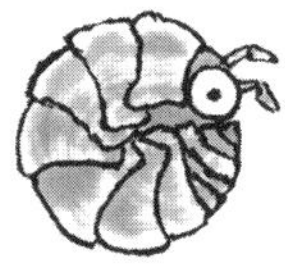

おっかさん！のまき

「さあ、だんごろうどの。
おなかいっぱい
たべてください。」
だんひめが、だんごろうに
くされおちばのおにぎりを
さしだしました。

一口《ひとくち》　それを　たべたとたん、だんごろうの目《め》から　ぽろりと
なみだが　こぼれました。だんひめが　おどろいて　たずねました。
「どうしました？　だんごろうどの。」
「ほんとうに　ミツみたいにあまい　くされおちばだ。
こんなおいしいのは　たべたことがない。
おっかさんにも　たべさせてやりたい。そうおもったら、つい……。」
「そうですか。母上《ははうえ》さまは　どこにいるのです？」
「石《いし》のすきま村《むら》です。
そこには　おっかさんと99ひきのきょうだいたちが……。」
そういいかけた　だんごろうは、むむむっと　目《め》を　こらして

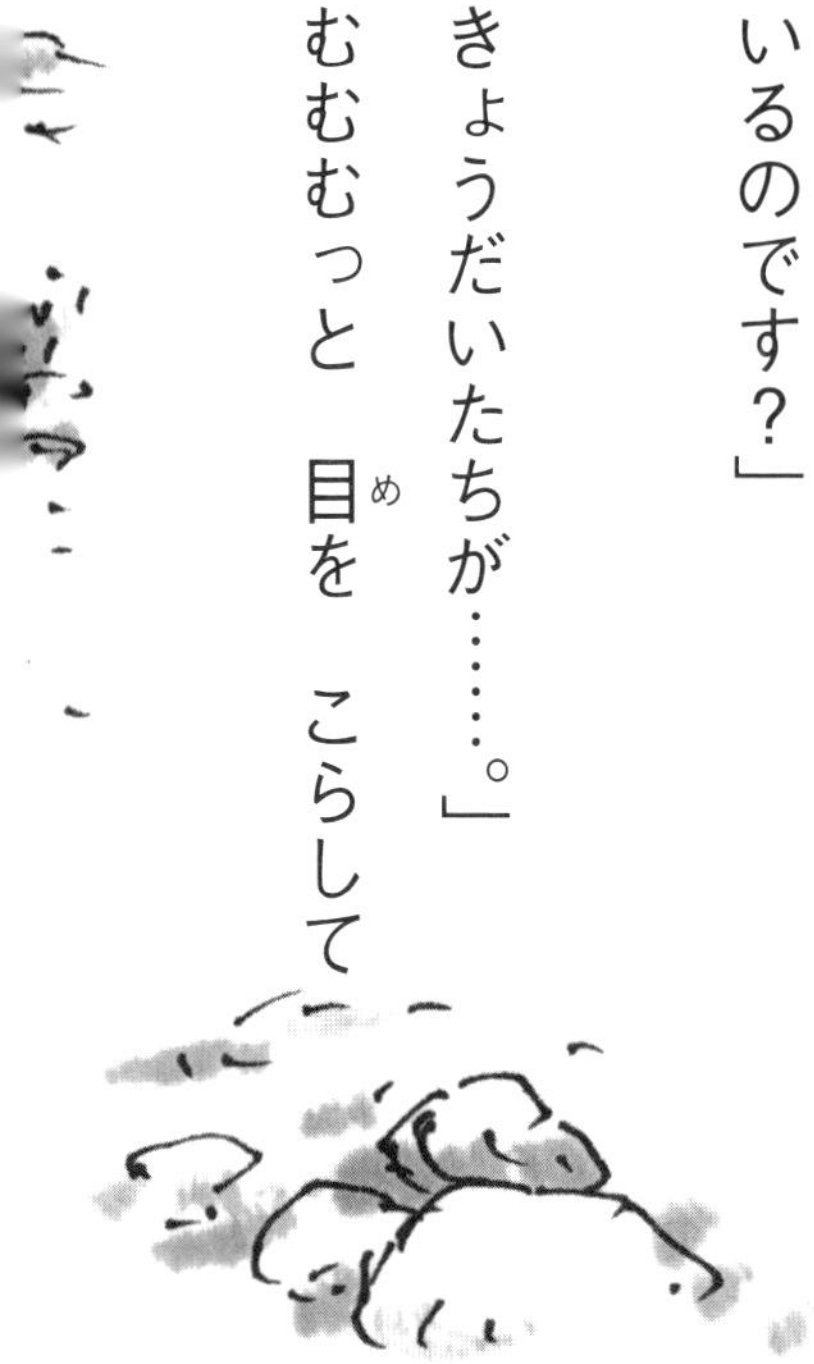

岩山《いわやま》を　見《み》ました。
「あの岩山《いわやま》は、おいらの村《むら》から見《み》えた岩山《いわやま》に　よくにている。
もしかしたら、もしかして……。」
だんごろうは、くされおちばを　ほうりだして　かけだしました。

「おまちなさい、だんごろうどの！　なにをするのです？」
だんひめも　おいかけました。
だんごろうは、むちゅうで　岩山《いわやま》を　のぼりはじめました。
しかし、岩山《いわやま》は　けわしく　つるつるしていて、
なんども　ころがりおちました。
「だんごろうどの！
この岩山《いわやま》を　のぼるなんて　むりです。
いままで、だれも　このむこうに　いったことはないのですよ。」
だんひめが　とめるのも　きかず、
だんごろうは　どろだらけになって　のぼろうとしました。

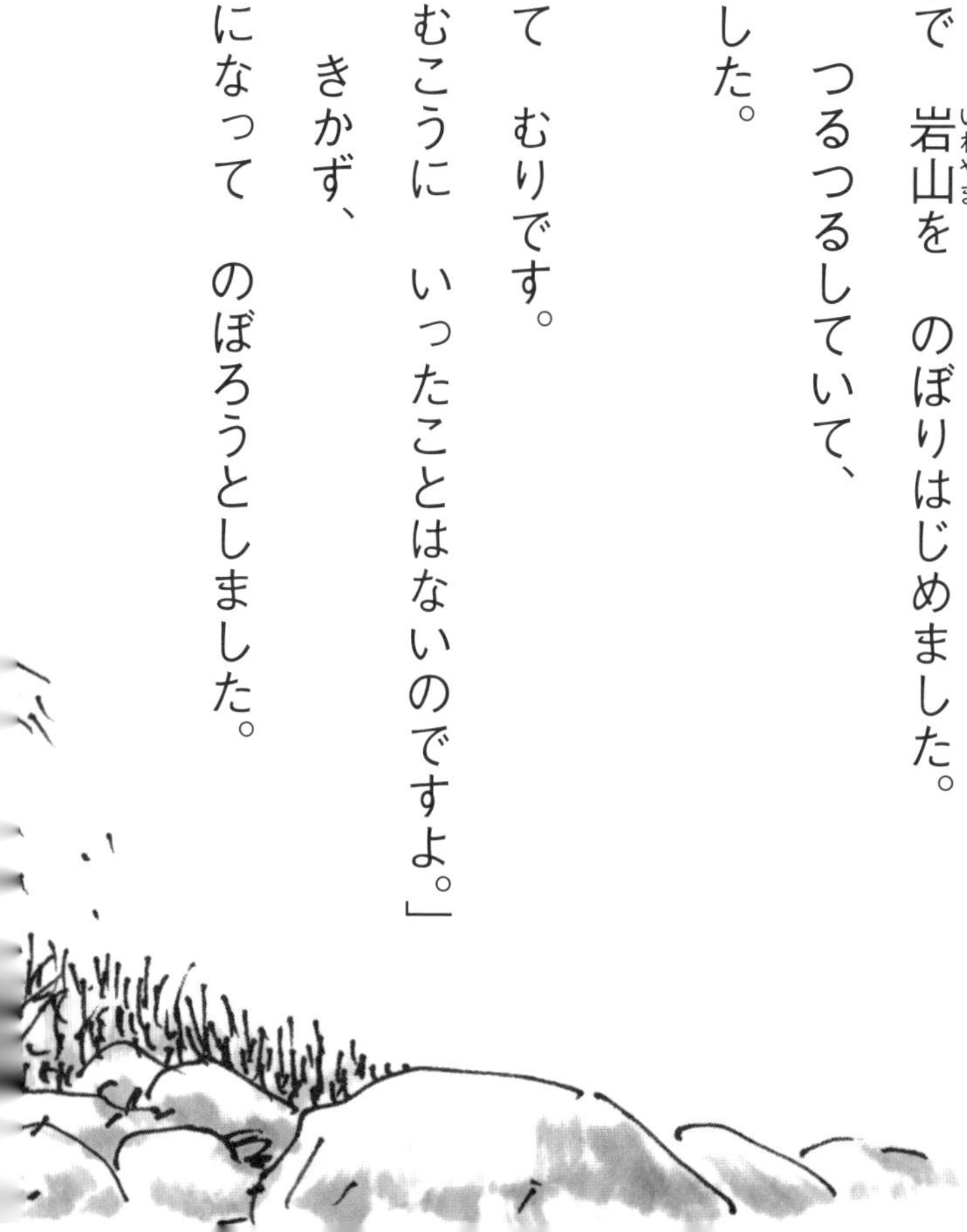

そのとき、きゅうに　あたまの中《なか》に　こえが　よみがえってきたのです。

『いそぐときも　あわてちゃ　いけませんぞぉ。』

それは、たびのとちゅうであった　カタツムリのことばでした。

だんごろうは、はっとしました。

そして、大《おお》きくしんこきゅうしました。

「あれ？」

しょっかくが　ピクピクします。どこからか、よわいかぜが　ながれてくるのです。それは、なつかしいにおいのする　かぜでした。

あたりを　見《み》まわした　だんごろうは、岩《いわ》のすきまに
気《き》がつきました。かぜは　そこから　ながれてきます。
だんごろうは、おそるおそる　岩《いわ》のすきまに　入《はい》っていきました。
「だんごろうさん！　どこにいくのです？　あぶないですよ！」
だんひめが　さけびました。
「だんひめさま、あなたは　もどっていてください。」
だんごろうは　そういうと、
あなのおくへと　すすんでいきました。
だんひめは、まよったようすでしたが、
だんごろうのあとを　おいかけました。

ながいながいトンネルでした。くらやみの中《なか》、
たよりになるのは　そよそよと　ながれる　かぜだけです。
トンネルは、きゅうに　せまくなって、
水《みず》が　したたりおちてきました。だんごろうは、
こわいのを　ぐっと　こらえて　あるきつづけました。

どれほど　あるいたでしょうか。
むこうから　ひかりが　見《み》えてきました。
かぜは　そこから　ながれてきます。
おもわず　だんごろうは、かけだしました。
そして、とびだしたとたん！

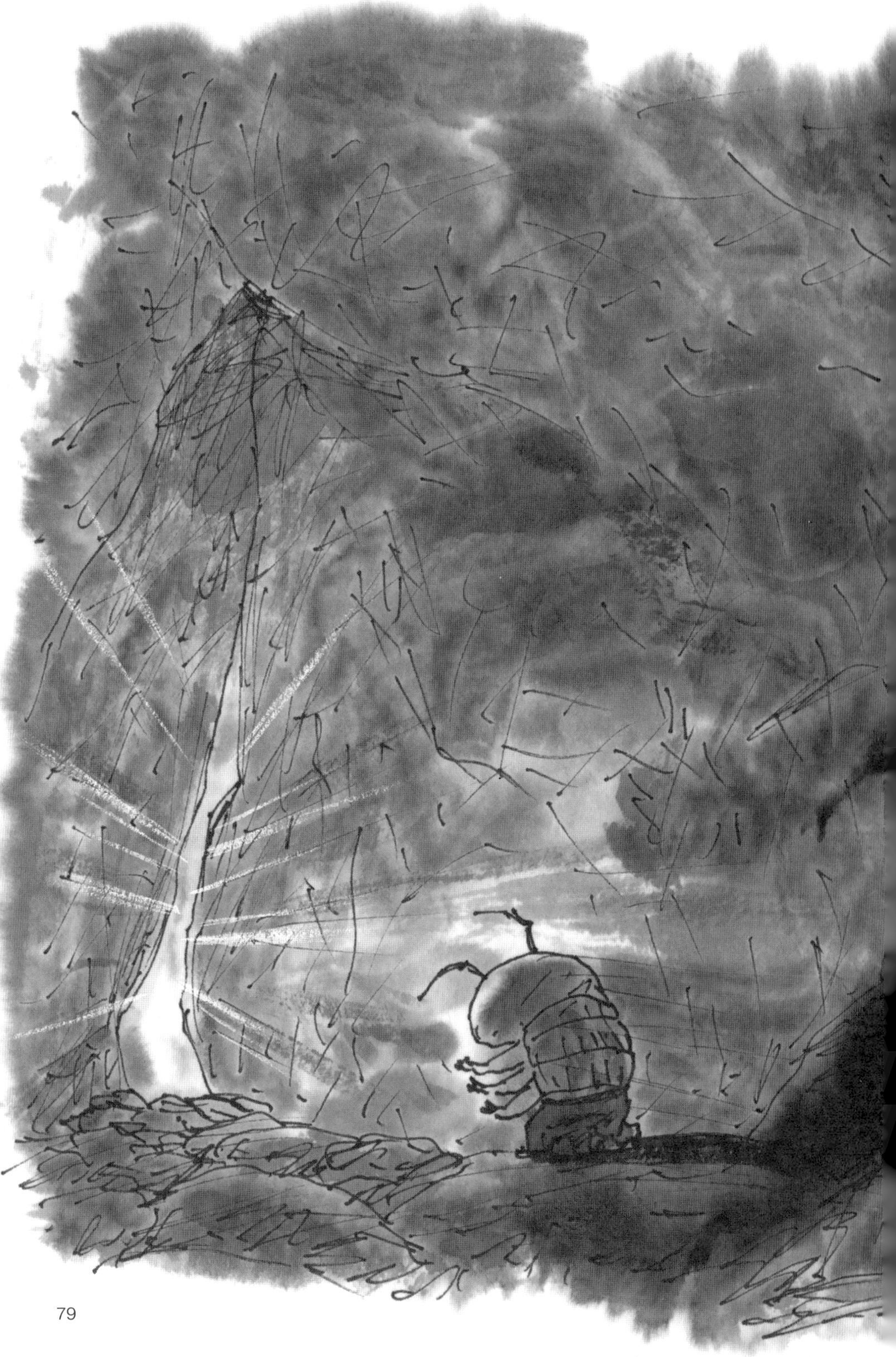

「ああ！」

目《め》のまえに　ひろがっていたのは、なつかしいけしき。

石《いし》のすきま村《むら》です。

石《いし》の下《した》から　出《で》てきたのは、すっかりやせた　おっかさんでした。

「おっかさん！　おっかさーん！」

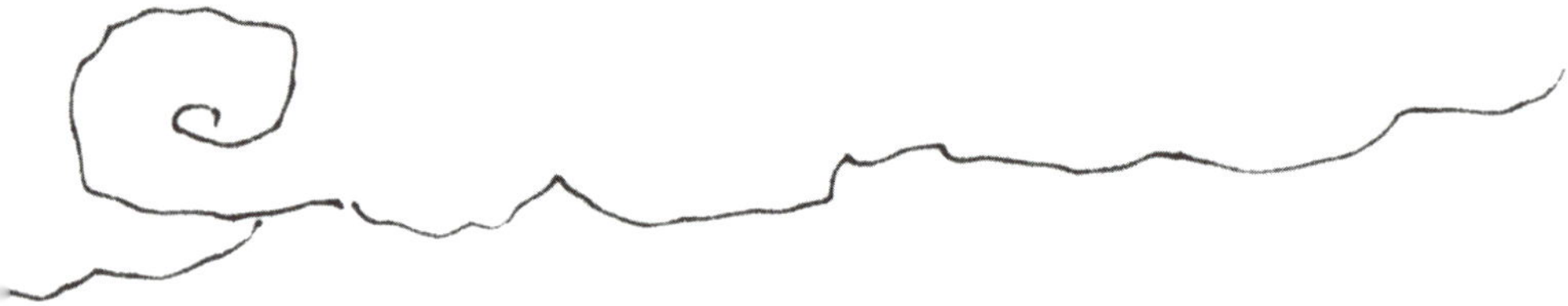

だんごろうは　むちゅうで　岩山《いわやま》を　ころがりおりました。

おっかさんは　目《め》を　まんまるにしました。

「だんごろう！　もどってきたのかい？」

「ああ、おっかさん！　あいたかったよ。」

だんごろうは、おっかさんを　だきしめました。

「だんごろうどの、このかたは……。」
うしろから　こえを　かけたのは、だんごろうを　おいかけてきた
だんひめでした。だんごろうは、こえを　つまらせながら　いいました。
「おっかさんです。おいら、おっかさんと　99ひきのきょうだいたちの
ために、ダンゴムシ天国《てんごく》を　さがして　たびに　出《で》ていたのです。
まさか、あの岩山《いわやま》のむこうが　ダンゴムシ天国《てんごく》だったなんて！」

だんひめは　だんごろうを　まっすぐ　見《み》つめていいました。
「あの岩山《いわやま》を　とおりぬけたのは、
だんごろうさん、あなたが　はじめてです。
さあ、みなさんに　すぐに　きていただきましょう。
おなかいっぱい　たべてもらわなくては。」
「あっ、おにいちゃん！」
「おにいちゃんが　かえってきた！」
石《いし》の下《した》から、わらわらと　きょうだいたちが
かけてきました。だんごろうは　みんなに　かこまれ、
なきわらいをしていました。

だんひめは、そんなだんごろうを
やさしい目《め》で　じっと見《み》つめていました。
こうして、だんごろうのながいたびは　おわったのです。

おいらは、
しがない　ダンゴムシ。
ながい　たびのすえ、
いまは　とっても
しあわせでござるよ。

おまけ

パラパラまんがの　はじまり、はじまり～！

ページをパラパラめくっていくと、
なんと　だんごろうが　うごきだすでござるよ！

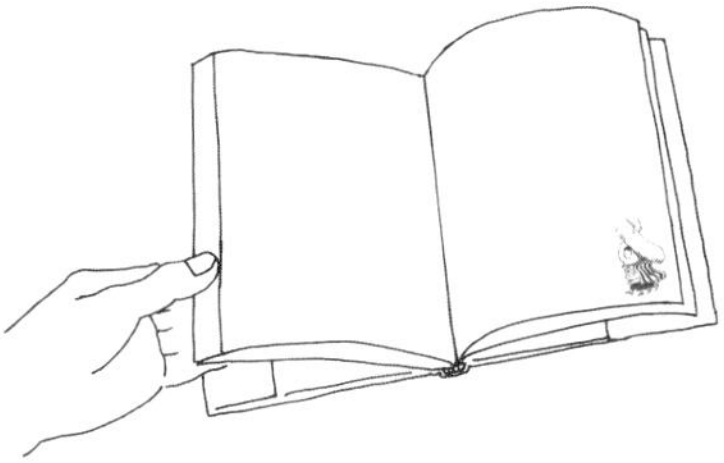

左手で５ページ目をひらく。
４ページの右下のだんごろうを見てみよう。

１まいずつ、ぱらぱらとページをめくっていくと、
右下のだんごろうがうごきだすよ。

作者／みお ちづる
埼玉県出身。『ナシスの塔の物語』（ポプラ社）で椋鳩十児童文学賞、児童文芸新人賞を受賞。作品に「少女海賊ユーリ」シリーズ（童心社）『ドラゴニア王国物語』（角川書店）、絵本に『なみだあめ』（岩崎書店）等がある。

画家／山村浩二《やまむらこうじ》
愛知県生まれ。短編アニメーションを多彩な技法で制作。作品に『パクシ』『年をとった鰐』『頭山』『カフカ 田舎医者』『マイブリッジの糸』他多数。国際的な受賞は80を超える。絵本作品に『ぱれーど』（講談社）他多数。

おはなしのくに

ダンゴムシ だんごろう3　～たびのおわり～

2015年11月1日　初版第1刷発行

作　者　みお ちづる
画　家　山村浩二
発行者　鈴木雄善
発行所　鈴木出版株式会社
〒113-0021　東京都文京区本駒込6-4-21
電話　03-3945-6611（代表）
FAX　03-3945-6616
振替　00110-0-34090
http://www.suzuki-syuppan.co.jp/
印　刷　図書印刷株式会社
装　丁　丸尾靖子

NDC913　88P　21.6×15.1㎝
ISBN978-4-7902-3311-4